Simon Borowiak

Bring mir den Kopf vom Nikolaus

Ein Weihnachtsmärchen

Illustriert von Christiane Hahn

Eichborn

Ich hatte alles Nötige beisammen, um ein friedvolles Weihnachtsfest zu feiern: Ich hatte ein Dach über dem Kopf, eine kleine Tanne voller Strohsterne und roter Kerzen, und ich war allein. Mehr ging nun wirklich nicht, und dementsprechend befand ich mich in einem Zustand sehr gehobener Stimmung – auf einer Skala von »Total unzufrieden« über »Sehr zufrieden« bis zum höchsten Zustandspunkt »Honigkuchen« fühlte ich mich unmittelbar vor »Honigkuchen«, und es konnte sich nur noch um eine Stunde handeln, dann würde mir meine Feiertagslaune mit einem Knall um die selig glühenden Ohren fliegen, denn für diesen Zeitpunkt hatte ich meine Bescherung (einen sehr teuren Pullover) vorgesehen, und auch der unterhaltsame Gefährte Fernseher glühte bereits vor.

Die Tatsache, dass es erst kurz zuvor meine Beziehung zu der wunderbaren, unvergleichlichen und liebreichen Bernadette aus der Kurve getragen hatte, sollte mir die Freude an meinem Lieblingsfest nicht vermiesen. Das hatte ich mir jedenfalls fest vorgenommen: Fest wie ein uralter Weihnachtsstollen stand mein Willen, weder an Bernadette noch an ihren neuen Freund zu denken. Diesen neuen »Freund« würde schon noch sein gerechtes Schicksal ereilen, des' war ich mir sicher. Er sollte mich an diesem Abend der Abende nicht interessieren, dieser »Freund«, dessen Namen »Bommer« ich kurzfristig sogar erfolgreich verdrängte. »Bommer« oder »Bommerlunder« oder wie diese dumme Sau auch heißen mochte: Weihnachten gehörte MIR! Mit »O du fröhliche«, mit Bescherung und mit einem öden Thriller aus den Siebzigern, der meine Weihnachtsstimmung garantiert ins nahezu Unerträgliche steigern würde! Mit oder ohne Bernadette!

Dergestalt summend und in fremde Fenster hineinschauend, die den Blick auf seriöse Pärchen freigaben, fiel mir ein Satz meines Großvaters ein: »Die Frau seines Lebens trifft man in diesem Leben genau nur EIN Mal. Aber das verpasst man meistens, weil man gerade zu breit ist.«

Als ich Bernadette traf, war ich glücklicherweise so gar nicht breit, sondern im Gegenteil stocknüchtern gewesen und bereit, es mit dieser Frau meines Lebens aufzunehmen. Und das hatte sogar geklappt! Jedenfalls am Anfang.

Auch an diesem Abend war ich knochentrocken, wenn man mal von gelegentlichen Weinkrämpfen wegen Bernadette absieht. Aber Hand aufs Herz: Auch wenn ich hier in meiner Zweiraumwohnung mit dem verhuschten Weihnachtsbäumchen hin und wieder weinen musste – mit Bernadette hätte ich heute nicht tauschen mögen. Einen Weihnachtsabend mit einem verkommenen und todsicher todlangweiligen Bommelmann verbringen – ja, wer will denn SO WAS! Fast tat sie mir leid, meine Bernadette. Und: Sie würde schon sehen, was sie davon hatte!

Vielleicht muss ich Ihnen einen Überblick geben, was den Ort des Geschehens betrifft. Damit Sie eine plastische Vorstellung bekommen, wo sich was wie abgespielt hat. Daher erfolgt nun zunächst mal ein Grundriss meiner Wohnung. Bitte:

Ort Des Geschehens
Flur
Eingang
Schlafzimmer

WOHNZIMMER
BAD
KÜCHE
MEINE WOHNUNG – GRUNDRISS

Mein Weihnachtsmenü schmorte bereits in der Mikrowelle, und jeden Moment würde ich mich an diesen Penne Soundso laben. Dann käme der Pullover, dann der Thriller, und kurz vorm Wegnicken würde ich mir derart gepflegt selbst einen bescheren, wie es Bernadette und Bommelbammel weder heute Abend oder sonst je gelingen könnte! Auch des' war ich mir sicher!
So!
Dann – während ich noch weinend die heiße Folie von den Penne Sounsdo entfernte, klingelte es an meiner Tür.

Oha.

Vorsichtshalber stellte ich das Greinen ein, denn Bernadette sollte auf keinen Fall sehen, dass ich – ja, nun, sagen wir: »Zwiebeln geschält« hatte. Und schon gar nicht ihretwegen.
Also tupfte ich meine Augen mit Küchenkrepp ab, setzte mein bestes Weihnachtsgesicht auf und ging zur Tür. Was heißt da »Weihnachtsgesicht« – der schiere Triumph ließ meine schönen braunen Augen blitzen wie einst im Mai.

Um meine Vorfreude a) zu steigern und b) besser verbergen zu können, sah ich zunächst zeitschindend durch den Türspion.

Oha.

Vor meiner Tür stand nicht meine göttinnengleiche Bernadette. Stattdessen äugte mir eine zierliche, braunhaarige Weibsperson entgegen, und in ihrem Schlepptau erkannte ich – ein Rentier!
Was sollte das jetzt? Wollte mich jemand verhöhnen? Hatte ich Halluzinationen? Oder handelte es sich bei den beiden Geschöpfen um zeitlich und figürlich aus dem Takt geratene Sternsinger?

Während ich noch fassungslos durch den Spion spionierte, klingelte die Weibsperson erneut, stöhnte und trug dazu einen so müden, verzweifelten Gesichtsausdruck, dass ich die Tür öffnete.
»Danke!«, rief die Frau wie am Ende ihrer Kräfte. »Um unseres lieben Heilands Willen: Dürfte ich mal Ihr Klo benutzen?«
Wer hätte einen Menschen in solcher Pein abweisen können? Also machte ich hoch die Tür und weit das Tor, wies stumm in Richtung Badezimmer, und nachdem die Frau eilig darin verschwunden war, stand ich nun etwas überfordert dem Rentier gegenüber, das mich so traurig und fragend anschaute, dass ich es mit verlegener Geste ebenfalls in die Wohnung einlud; nur mit einer typischen Gastgebergeste, denn ich war mir nicht sicher, ob und wenn ja welche Sprache so ein

Rentier spricht. Das Ren nickte dankend und betrat dann, vorsichtig seine ulkigen Rentierhufe voreinander setzend, mein Wohnzimmer. Aus dem Badezimmer hörte man erleichtertes Stöhnen und dann die Wasserspülung. Mangels Erfahrung im Small-talk mit Rentieren standen das Tier und ich uns schweigend gegenüber, dann kam die Frau wieder aus dem Badezimmer zurück:

»Tausend Dank! Gott segne Sie! Wir sind jetzt seit vier Stunden unterwegs, der Job macht mich noch ganz krank! Wäre es zu viel verlangt – bitte: Dürfte ich mich kurz setzen?«

Und schwuppdich saß die Frau auf dem brettharten Ikea-Sofa, das mir Bernadette eingebrockt hatte; ich persönlich hätte auch ohne Sofa leben können, aber Bernadette war da seinerzeit anderer Ansicht. Dass sich das Sofa im Praxistest als bretthart erwies, war ihr natürlich auch nicht recht gewesen. Weiber.

Das Geschöpf auf dem Sofa streifte nun seine braunen Stiefelchen ab, ließ die müden Füße kreisen und stellte fest, dass das Sofa doch recht hart geraten sei:

»Richtig gemütlich ist das aber nicht.« Und: »Mein Job bringt mich um!«, wiederholte sie, erneut aus ganzem Herzen stöhnend.

»Was genau ist denn Ihr Job?«, fragte ich der Höflichkeit halber. Man hat ja nun doch einen Rest von Kinderstube im Leibe.

Sie sah von ihren Füßen hoch, sah mich direkt und ernst an und sagte tatsächlich:

»Halten Sie mich nicht für verrückt, aber ich bin eine gute Fee.« Dann streckte sie mir zum Gruß die Hand hin und sagte: »Ich bin die Linda.«

Was ist eigentlich die angemessene Reaktion, wenn man plötzlich eine sogenannte »Fee« in seinem Wohnzimmer hat, während im Hintergrund ein depressiv wirkendes Rentier an deinem Weihnachtsbäumchen herumlungert?
Ein jeder von uns hat doch eine ziemlich genaue Vorstellung, wie eine offizielle Fee auszusehen hat. Meine »Fee« hier sah dann doch etwas anders aus. Also überkamen mich Zweifel an der Echtheit ihrer Aussage.
Zum Beispiel: Darf eine Fee schwarze Leggins tragen, darüber einen langen, grob gestrickten Pullover mit Zopfmuster? Darf sie strähnige Haare haben? Und dicke Ringe unter den Auge? So, wie sie hier auf meinem Sofa saß, hätte sie genauso gut in einer drittklassigen Kneipe am Tresen hängen können. Sie hatte noch nicht mal einen Zauberstab dabei, sondern nur eine abgeschabte Aktenmappe!
Kurz: Die Fee-Nummer konnte ich ihr SO nicht abnehmen und blieb erst mal vorsichtig und neutral.
Denn wenn sie keine Fee war, dann musste sie ja psychisch gestört sein – man weiß ja, dass mit Schizophrenie nicht zu spaßen ist. Und dass man Psychotikern nicht einfach die Tür öffnen sollte, lernte man doch nun wirklich schon in jungen Jahren.

Offizielle
Fee

meine Fee

Andererseits: Das Rentier! Welche normal psychisch gestörten Menschen führen ein solches Tier mit sich! Ich jedenfalls kenne ein paar Irre mit Hunden oder Ratten oder Katzen, aber keinen einzigen mit einem Rentier. Vielleicht war Linda ja doch eine Fee. Ich beschloss, ihr unauffällig auf den Zahn zu fühlen:
»Komisch. Ich dachte, zu dieser Zeit sind nur Weihnachtsmann und Nikolaus unterwegs. Müssen an Weihnachten etwa auch Feen arbeiten?« Ich schien mit dieser unschuldigen Frage genau das Falsche gesagt zu haben, denn die Fee brüllte sofort los: Dass alle Menschen tatsächlich glauben würden, Weihnachtsmann und Nikolaus würden die ganze Arbeit alleine machen! Und dass niemand wüsste, wie viele Mitarbeiter und Fachkräfte da mit am Werk wären! Und dass »die da oben« sich nicht gerade überarbeiten würden! Und dass der größte Teil der »weihnachtlichen Drecksarbeit« an den unteren Chargen hängen bliebe, an der »kleinen Fee von der Straße«, während sich Nikolaus und Weihnachtsmann mit ihren roten Mänteln dicke tun würden! Immer schön bequem im Schlitten unterwegs! Und sich von Kindern aus der ganzen Welt bewundern lassen! »Dabei sind die beiden so derart abgehalfterte Typen, man möchte es nicht glauben! Also, wenn ICH was zu sagen hätte … Aber wir kleinen Feen sind doch immer die Dummen!«

Obwohl sie mir in ihrer Wut doch etwas Angst einflößte, wagte ich noch einen kleinen Vorstoß in Richtung Wahrheitsfindung. Und fragte schlicht, woran ich denn erkennen könnte, ob ich es mit einer echten Fee zu tun habe.

»Du darfst dir was wünschen!«, sagte sie patzig, »dann wirst du schon sehen!«

Das Rentier schnaufte ablehnend.

Ich überlegte nicht lange und sagte: »Ich wünsche mir eine Million Euro.«

Die Fee lachte bitter auf: »Warum wünschen sich die Menschen bloß immer eine Million? Ich habe noch nie gehört, dass sich jemand – zum Beispiel – 750 350 Euro wünscht. Nein, ich habe noch nie eine ungerade Summe gehört. Bei euch Menschen scheint das finanzielle Glück ab genau einer Million loszugehen.«

»Und was ist jetzt trotzdem mit meinem Wunsch?«

Nun wurde die Fee etwas kleinlauter: Über SOLCHE Beträge könne sie nicht verfügen; das habe mit der »völlig verkorksten Hierarchie« zu tun. Sie habe es schon mehrmals versucht, sich beruflich zu verbessern und in den Rang einer Hauptfee aufzusteigen, aber immer sei das Gesuch mit der fadenscheinigen Begründung abgelehnt worden, sie sei für einen solchen Posten noch nicht reif genug. Schließlich sei der sehr verantwortungsvoll … Aber das kenne man ja: Keine Hierarchie ohne Intrigen! Zum Beispiel der Nikolaus: Ein Chefintrigant vor dem Herrn! DER könne Karrieren befördern oder eben auch bremsen. Und das mache er auch, der alte Sack! Der mische sich mit Elan fast überall ein: Pläne und Arbeitsbereiche der Feen, Zusammenstellung der Teams »Rentier – Fee«, bis hin zu den Rahmenrichtlinien der Rentierausbildung und der Feenschulung – in der Regel habe er mindestens ein Mal pro Jahr irgendwo eine Gastprofessur – DA müsse ich ihn mal sehen, er blähe sich derart auf, dass es fast seinen roten Anzug sprenge …

»Ja, aber was könnte ich mir denn dann wünschen? Welche Art Wünsche liegen in deiner Macht?«
Die Fee reagierte erneut übersäuert: Nur weil sie keine Procura für solche Summen habe, müsse ich sie wunschtechnisch nicht für einen Rohrkrepierer halten. Beziehungsweise: Für eine Rohrkrepiererin! Innerhalb ihrer Grenzen sei sie nicht unbedeutend!
NICHT-materielle Wünsche zum Beispiel könne sie fast sofort erfüllen. Sie müsse nur ein Formular ausfüllen: »Mein Kollege hier« – sie deutete auf das Rentier – »wird das Ganze notariell beglaubigen, und schon kann's losgehen mit der Wunscherfüllung.« Ich sah zu dem Tier und überlegte, wie ein Rentier wohl ein Formular beglaubigt.

Die Fee schien meine Skepsis zu riechen und erklärte: »Er stempelt ab! Und zwar mit seinem Huf! Siehst du die schwarzen Flecken an seinem rechten Vorderhuf? Die kommen von der Tinte im Stempelkissen.«
Ich beugte mich vor und betrachtete die merkwürdig linkischen Hufe des Rentiers. Tatsächlich waren am rechten Huf schwarze Ränder unübersehbar. Auch hielt das Tier diesen Huf etwas angewinkelt; es hatte ihn quasi hochkant gestellt, so wie es müde, ruhende Pferde

manchmal mit ihren Hinterhufen machen. Da stand also ein etwas anderer Notar in meiner Zimmerecke, zwischen Tannenbäumchen und Fenster, und er schien seinen Platz hauptsächlich dazu zu nutzen, in die Fenster der Nachbarn zu lugen. Wenn er nicht gerade müde vor sich hin starrte, der seltsame Notar.

»Das heißt, dass er lesen kann?«, wisperte ich der Fee zu. Ich wusste ja nicht, ob ein belesenes Rentier es als beleidigend empfinden würde, wenn man hinter seinem Rücken über es redete.

»Sicher kann er das!«, wisperte die Fee zurück, »Das ist ja schließlich sein Job. Das kriegen die alles in der Rentierschule beigebracht. Lesen, Genehmigen und Stempeln sind bei denen die Hauptfächer.«
»Ja, aber was ist mit Schlittenziehen?«
Die Fee zuckte zusammen: »DAS Thema sollte man in seiner Gegenwart besser meiden. Nur die Elite, die wenigen Auserwählten dürfen einen Schlitten ziehen. Damit darf ich ihm gar nicht kommen, sonst ist der Abend gelaufen. Dann rührt der keinen Huf mehr vor lauter Schwermut.«
Ich betrachtete weiterhin verstohlen dieses Wesen, das so geheimnisvoll und wortlos dastand.
Der Fee passte es offenbar nicht, dass ich meine Aufmerksamkeit ihrem Kollegen und nicht ihr schenkte, und sie trat in Aktion: Sie öffnete ihre Aktentasche und zog einen Stapel Papiere hervor, die von Weitem wie eine Art Coupon aussahen. Dann nahm sie einen davon und legte ihm mir hin: »Hier, für deine drei Wünsche.«

Ich starrte – halb skeptisch, halb hingerissen – auf die Zettel:
»Und du musst jetzt einfach nur den Wisch ausfüllen – und meine Wünsche gehen in Erfüllung?«

»Ganz so einfach ist das nicht. Normalerweise treten wir bei den Wünschern nicht in Erscheinung. Wir HÖREN, wie sich jemand etwas wünscht, und wenn das dann in meinem Ermessenspielraum liegt …« Und

★Wunschzettel★

Name:
- - - - - - - - - - - - - - - - - - - -

Anschrift:
- - - - - - - - - - - - - - - - - - - -

Datum:
- - - - - - - - - - - - - - - - - - - -

Lieferanschrift:
- - - - - - - - - - - - - - - - - - - -

Wunsch 1
- - - - - - - - - - - - - - - - - - - -

Wunsch 2
- - - - - - - - - - - - - - - - - - - -

Wunsch 3
- - - - - - - - - - - - - - - - - - - -

- - - - - - - - - -
Stempel (Rentier)

dieses Durch-die-Stadt-ziehen und den Wünschen der Menschen lauschen, sei ein »verdammtes Klinkenputzen«. Und dass sich die »hohen Herren« wie der Nikolaus und der Weihnachtsmann natürlich die besten Stadtteile aussuchten; das sei auch der Grund dafür, dass die Geschenke in den reichen Stadtteilen so opulent ausfielen: Die haben ja den größeren Wunsch-Spielraum, einen größeren Etat und fast vollständig freie Hand …

Ich konnte nicht glauben, dass das Wohl und Wehe von uns Menschen davon abhängig sein sollte, WELCHE Fee mit WELCHEN Vollmachten da gerade an unserer Tür lauschte. Andererseits: Was, wenn es funktionieren sollte, hier, mit dieser Fee und meinen drei immateriellen Wünschen? Mir wurde blümerant: Was, wenn ich mir eine Versöhnung mit Bernadette wünschen konnte? Dann hätte ich nicht nur Bernadette wieder, sondern sogar noch zwei Wünsche übrig …

Drei Wünsche! Hand aufs Herz: Wer hätte noch nie davon geträumt? Wer hätte sich noch nie einen Wunschplan zurechtgelegt für den Fall, dass er plötzlich in diese Situation gerät? In die Situation, von einer Fee oder einem ähnlich geratenen Märchenwesen oder meinetwegen irgendeinem Heiligen nach seinen Wünschen gefragt zu werden? Man habe aber nur der Wünsche DREI an der Zahl!

Unvorbereitet würde einen solch ein Moment doch als riesiger Stress überrollen. Nicht, dass man sich übereilt irgendeinen Käse wünschte und dann später jammernd vor dem Käse und der verpassten Situation säße?
Ich jedenfalls hatte mich auf genau diese stressige Situation vorbereitet.
Mein Wunsch Nummer eins lautet: Die perfekte Gesundheit. Nie wieder Ärger mit den Zähnen! Nie wieder ein Krankenhaus von innen sehen! Nie wieder in Wartezimmern in alten Gala-Exemplaren herumblättern! Nie wieder zehn Euro Praxisgebühr abdrücken! Außerdem: Einen Magen aus Stahl, den kein Ärger der Welt dazu brächte, sich zusammenzuziehen und sich selbst zu zerlegen. Dazu: Super Muskeln, Gelenke und Reflexe. Also etwa die Konstitution eines kleinen Akrobaten aus dem Chinesischen Nationalzirkus. Kurz: Endlich die Überwindung sämtlicher Schwachstellen der Körperlichkeit! Und das alles mit nur EINEM Wunsch! Blieben immer noch Nummer zwei für die Gesundheit der Freunde und Lieben und als dritter Wunsch noch der Wegfall jeglicher finanzieller Sorgen!

Letzteres fand ich nun geradezu schweinchen-schlau von mir: Denn ich hatte mir ja kein Geld in meine Börse gewünscht, keine konkrete Summe, sondern, wie von der Fee beschrieben, einen höchst immateriellen Zustand, nämlich den der finanziellen Sorglosigkeit! Und wie sie DAS bewerkstelligte, das lag nun ganz in ihrer Hand.

Ja, so sah mein Drei-Wünsche-Plan aus. Es schien mir ein wasserdichter Plan.

Ach, meine Bernadette … Du wärest in Wunsch Nummer zwei enthalten und könntest von Wunsch Nummer drei mitprofitieren … Du wärest immer gesund, munter und guter Laune. Und beseelt von eitel Liebe zu mir. Dann würdest du auch nie mehr auf die Idee kommen, mich wegen angeblicher »grober Unromantik« zu tadeln oder gar zu verlassen! Und dich einem angeblich viel romantischer veranlagten Schleimer wie Bommerlunder an den Hals zu werfen! Und das alles nur, weil ich zum Beispiel nie einen direkten Zusammenhang zwischen »Blumen« und »Frauen« gesehen habe. Oder weil ich nie begriffen habe, inwiefern »Kerzenlicht« etwas mit »Zuneigung« zu tun haben könnte … Auch die Sache mit den Sonnenauf- und -untergängen hat mir nie so richtig eingeleuchtet. Sicher, auch ich gerate bei Sonnenuntergang in eine besondere Stimmung; die ist aber mehr allgemeiner Natur und steht für mich in keiner Beziehung zu einer Beziehung …

Inzwischen streckte die Fee die Beine aus, legte die Füße auf den Couchtisch, schloss die Augen und fragte mich mit nunmehr schwächelnder Stimme: »Um unseres lieben Heilands Willen – könnte ich wohl was zu trinken haben?«
Ich war ganz durcheinander von alledem – die möglichen Wünsche, meine geliebte Bernadette, dieses ver-

trackte Weihnachtsfest – und jetzt mischte sich in dieses Durcheinander auch noch ein schlechtes Gastgebergewissen: »Oh, Entschuldigung! Möchtest du einen Tee oder einen Kaffee? Oder ein Wasser?«

Das Rentier schnaubte derart, dass es wie höhnisches Lachen klang. Die Fee öffnete wieder die Augen, um dem Tier einen sehr bösen Blick zuzuwerfen. Das Rentier hielt dem bösen Blick lange stand, dreht dann aber wieder ab und betrachtete mein Weihnachtsbäumchen. Die Fee wandte sich wieder mir zu und fragte mit sanfter, ja, einschmeichelnder Stimme: »Hättest du nicht ein Bierchen da? Oder ein Weinchen? Das wäre himmlisch.«

Das Rentier schnaubte erneut sehr höhnisch.

Das Verhältnis zwischen diesen beiden »Kollegen« schien mir alles andere als koscher. Ich musste der Fee gestehen, weder das eine noch das andere im Hause zu haben. Sie fluchte stimmlos. Erst durch diesen stimmlosen Ausstoß von Atem fiel mir auf, dass sie eine Fahne hatte. Sie schien also nicht nur hart gearbeitet, sondern auch zwischendurch einen gehoben zu haben.

Ich beschloss, ihre Feenfähigkeiten zu testen und schlug vor, sich einfach einen entsprechenden Wunschzettel auszustellen. Sie säße doch quasi an der Quelle.

»Kann ich nicht!«, heulte die Fee auf, »das ist gegen unsere Statuten! Du ahnst ja nicht, wie streng unser Reglement ist! Ich darf mir für mich selbst nichts wünschen!« Dann wurde ihr Blick listig: »Aber wenn DU dir etwas Derartiges wünschen würdest – zum Beispiel zwei Flaschen Wein – das ginge.«

Ich war perplex. Dachte sie wirklich, ich würde einen meiner drei kostbaren Wünsche auf Wein oder Bier verschwenden? Was für eine Vergeudung! Ich müsste sie ja nicht mehr alle haben, wenn ich das tun würde! Vorsichtig versuchte ich, ihr meine Skrupel zu erklären. Und dass sie das doch verstehen müsse, wenn ich nur um eines Glases Weines Willen nicht meine Chancen auf höhere und bessere Glücks- und Zufriedenheitszustände limitieren wollte …

»Nein, nein!«, sagte die Fee rasch, »nicht, dass wir uns falsch verstehen!« DIESER Coupon würde mir nicht von meinen drei Wünschen abgezogen, sie könne das mit dem Trinkwunsch schon irgendwie als Spesenabrechnung deichseln: »Aber du musst wissen«, sagte sie nun in einem erstaunlich erpresserischen Tonfall, »dass deine Wunschfreiheit nur heute gilt. Und wenn ich mich jetzt auf den Weg machen müsste, um anderswo was zum Trinken aufzutreiben … wer weiß, wann mal wieder eine gute Fee vor deiner Tür steht?« Mir wurde etwas panisch-schummerig zumute; eine Torschlusspanik bahnte sich an. So etwa muss es den Leuten auf Kaffeefahrten gehen, wenn der geölte Moderator sagt, es seien aber nur noch genau zwei Heizdecken zum Preis von einer erhältlich! Und man müsse JETZT zuschlagen, bevor es ein anderer täte!

Die Fee fuhr fort: »Mein Vorschlag: Wir füllen sofort einen Zettel für deinen ersten Wunsch aus, und wenn wir das getan haben, dann wünschen wir uns was vom Pizzaservice. Was hältst du davon?« Ich wurde unsicher. Einerseits klang das doch arg nach einem Kuhhandel, andererseits: was tun, wenn man so schamlos von einer Fee erpresst wird?
»Okay«, sagte ich, »jetzt mein erster Wunsch, dann dein Pizzadienst, und danach aber sofort meine beiden anderen Wünsche. Abgemacht? Ehrenwort?«
»Ehrenwort!«, sagte die Fee gewichtig, und das Rentier stöhnte erneut auf.

Die Fee zückte einen meiner Coupons, legte ihn gewissenhaft vor sich auf den Couchtisch und sagte: »WAS wünscht du dir am meisten? Leg los. Und denk daran: Etwas möglichst NICHT Materielles …«
Und ich füllte den ersten echten und märchenhaften Wunschzettel meines Lebens aus und diktierte der Fee in die Feder:

»ICH WÜNSCHE MIR, DASS ES NOCH HIER UND HEUTE ZU EINER VERSÖHNUNG MIT BERNADETTE KOMMT!«

»Okay«, murmelte die Fee, »Beziehungswünsche haben wir oft. Das geht klar. Das kann ich machen. Dafür habe ich Procura.«
Sie füllte alles sehr langsam und umständlich aus, dann unterschrieb sie meinen Coupon. Danach zog sie ein großes Stempelkissen aus ihrer abgeschabten Aktentasche. Sie legte meinen Wunschzettel auf den Boden, stellte das Stempelkissen daneben und sagte dann mit sehr unterkühlter Stimme: »Herr Rudi? Wären Sie so gut?« Das Rentier schnaubte und kam dann zu uns herüber. Es las sehr zeitraubend noch einmal das Formular durch, mit einer Art »gestrengem« Gesichtsausdruck – falls man bei einem Rentier von Gesichtsausdruck reden kann. Dann trat es vorsichtig mit seinem rechten Vorderhuf auf das Stempelkissen, schwenkte dann akrobatisch das Stempelbein nach links über das Formular und setzte den Huf genau in das dafür vorgesehene Stempelfeld. Es schien ein sehr akribisches Rentier zu sein – was wahrscheinlich auch der Grund für die spürbare Spannung zwischen der Fee und ihm war. Ihr Arbeitsverhältnis konnte man nämlich nur als »sehr angespannt« bezeichnen. Denn wenn die Fee ihn anschaute, war ihr Blick voller Abneigung, und wenn er schnaubte, dann klang dies auch nach allem anderen als nach kollegialer Herzlichkeit.

Wie wohl ein Feierabend der beiden aussah? Verabschiedeten sie sich voneinander? Und wenn ja, wie: förmlich oder gar nicht? Vielleicht hatte Herr Rudi auch schon diverse Versetzungsanträge gestellt? Mit dem Wunsch, zu einer »ordentlichen«, seriösen Fee zu kommen? Oder war er seinerseits in seinem notariellen Geschäft solch eine Null, dass keiner seiner Versetzungswünsche respektiert wurde? Vielleicht waren ja beide derartige Versager in ihrem Beruf, dass sie einfach als ein Gespann der unteren Kategorie losgeschickt wurden? Dies schien mir nicht unlogisch: Er – ein akribischer, depressiver Aushilfsnotar, sie – eine versoffene Schlampe, der man keine Procura für Größeres geben durfte, weil sie sonst ein unglaubliches Schindluder damit treiben würde. Und dass in diesem Doppel die eine Null der anderen Null ihr Nullsein nicht verzeihen könnte, das leuchtete mir ein. Beinahe stiegen mir wieder die Tränen in die Augen: Was war ich für ein Pechvogel! Die Freundin weg, aber dafür Besuch von der untersten Kaste der Märchenwesen! Wahrscheinlich hatte jeder Gnom oder Troll mehr Vollmachten als diese beiden Loser!

Herr Rudi tappte wieder zurück ans Fenster und stellte sich neben den Tannenbaum. Erst in diesem Moment ging mir auf, dass der immer noch »kalt« war und die schönen roten Kerzen nicht brannten.

»So!«, rieb sich die Fee die Hände, »das war das! Und jetzt

zum nächsten!« Eifrig und wie eine plötzlich aufgezogene Spieluhr begann sie zu summen und nun den Coupon Nummer zwei auszufüllen: »Also, ich nehme einmal die Quattro staggione.« Dann an mich gewandt: »Du musst die Wünsche laut aussprechen. Sonst gilt es nicht. So ist halt das Wunschgesetz.« Und jetzt diktierte sie mir, was ich zu wünschen hätte: »Eine Quattro staggione und zwei Flaschen Barolo!« Und fügte großzügig hinzu: »DU

darfst dir natürlich auch was wünschen.«

»Dass wird mir aber auch garantiert NICHT von meinen drei Wünschen abgez…?«

»Also, mehr als dir mein Ehrenwort geben, kann ich nicht!«, herrschte sie mich so patzig an, dass ich um ein Haar den Kopf eingezogen hätte.

Ich überlegte, was denn zu den Lieblingsspeisen meiner Bernadette gehörte – ja klar! »Ich wünsche mir zwei Mal Vitello tonnato, zwei gemischte Salate und zwei Mal Tiramisu.«

Damit könnten wir dann unsere Versöhnung feiern: »Bernadettes Lieblingsspeise, gell?«, sagte die Fee helle.
»Ja, denn wenn du mich nicht angelogen hast, kann ich das noch heute Abend brauchen.«
»Ich lüge nie! Ein Deal ist ein Deal! Und es ist jetzt ja alles in die Wege geleitet! Du wirst schon sehen!«, empörte sich die Fee erneut. Überhaupt schien sie extrem launenhaft, labil und immer mit einem Fuß in der Cholerik. »Herr Rudi, wenn ich Sie abermals um einen Stempel bitten dürfte?«
Das Rentier machte sich erneut auf den Weg zu Zettel und Stempelkissen. Diesmal las Herr Rudi den Wunschzettel mit nun völlig unverhohlener Mißbilligung. Er zögerte. Die Fee pampte ihn an: »DAS läuft über unser Spesenkonto! Das ist völlig okay! Spielen Sie hier nicht den überkorrekten Pinkel!«
Ich fragte vorsichtig: »Nimmt Herr Rudi denn gar nichts?«
»Das ist alles nicht nach seinem Geschmack«, erklärte die Fee, »wie ich ihn kenne, hat er mehr Interesse an deinem Tannenbäumchen.«
Herr Rudi beendete unterdes die Lektüre des Wunschzettels, und mit unübersehbar angewidertem Gesicht (es ist erstaunlich, über wie viele Gesichtsausdrücke so ein Rentier verfügt) setzte er seinen Hufstempel in das Stempelfeld unserer Bestellung.

»Ich wette«, sagte die Fee, »dass er jetzt am liebsten deinen Baum anknabbern würde.«

Herr Rudi und ich sahen uns an – und irgendwie sah er tatsächlich aus wie jemand, der gerne meinen Tannenbaum anknabbern würde. Außerdem hatte unser Blickkontakt etwas – ich könnte mich geirrt haben, aber ich vermute noch heute, dass ich recht hatte –, also unser Blickkontakt hatte etwas irgendwie Brüderliches. Als hätten wir etwas gemeinsam. Als würden wir beide die Gefühle des Gegenübers nicht nur erahnen, sondern sogar KENNEN. Es war ein Moment des instinktiven Verstehens. Vielleicht einfach nur der Gleichklang zweier trauriger Kreaturen?

»Natürlich!«, sagte ich daher großzügig zu Herrn Rudi: »Knabbern Sie, knabbern Sie!«

Herr Rudi nickte dankbar und wandte sich dem Bäumchen zu. Nun stand er mit dem Rücken zu uns, sodass ich die Gelegenheit nutzte, hinter eben diesem Rücken noch etwas mehr über ihn zu erfahren. Und wisperte der Fee zu: »Arbeitet ihr eigentlich schon lange zusammen? Oder seid ihr ein neues Team?«

Die Fee schaute gequält drein: Man sei vor einem Jahr einander zugeteilt worden; Herr Rudi frisch von der Rentierschule, während sie selbst bereits auf acht Jahre

Berufserfahrung zurückblicken könne. Entsprechend souverän habe sie Herrn Rudi in sein Berufsleben einführen wollen, aber der Bursche sei – so frisch von der Schule – ziemlich verdorben gewesen: »Alles hat er wörtlich genommen! Nimmt er heute noch! Da gibt's ja kaum Spielraum für die Kleinigkeiten, die einem das Leben erleichtern. Ein Paragrafenreiter! Bis ich ihn mal so weit hatte, dass er eine Bestellung bei einem Lieferservice abstempelt – es gab beinahe Mord und Totschlag.« Die Fee grinste plötzlich siegessicher: »Aber ICH hatte den längeren Atem! Und die älteren Rechte! Und das bessere Druckmittel!«

Erpressung schien ein fester Bestandteil der Kommunikationsgebaren dieser Fee. »Womit kannst du ihn denn unter Druck setzen?«

Die Fee seufzte genießerisch: »Er ist scharf auf eine Beförderung zum Schlittenrentier. Das klappt aber nur, wenn er NIEMALS irgendeinen Vermerk in seiner Akte hat. Einen Aktenvermerk scheut er wie der Teufel das Weihwasser. Du verstehst?«

Ich verstand: Die gute Fee war alles mögliche, nur nicht gut. Sie war ein ganz ausgebufftes Luder. Und sie machte auch nicht vor unsauberen Machenschaften halt, wenn es darum ging, ihr Leben ein wenig, nun –, komfortabler zu gestalten. Sie hatte den armen Herrn Rudi in der Hand. Sie konnte ihn jederzeit anschwärzen – sogar grundlos. Eine Bemerkung der Fee an der falschen Stelle, und es wäre um Herrn Rudis Karriere geschehen.

Ja, da würde ich an seiner Stelle aber auch so müde und depressiv dreinschauen. Wie er da so stand und an meinem Bäumchen knusperte, dauerte er mich sehr.

Diese Märchenwelt mit ihrer knallharten Hierarchie erschien mir immer glanzloser. Wo war da denn noch was von Verzauberung und/oder Lieblichkeit? Aktenvermerke! Rahmenrichtlinien!

Ich riß mich los und bat die beiden, mich zu entschuldigen, denn ich wolle mich etwas, naja, frisch machen. Falls Bernadette tatsächlich auftauchte, konnte ich unmöglich meine älteste Jogginghose und diesen verwanzten Pullover tragen! Und duschen musste ich unbedingt auch noch, weil ich mich seit der Trennung von Bernadette doch sehr – je nun – vernachlässigt hatte. Als ich im Bad stand und gerade Aftershave auftrug, klingelte es an der Tür. Tatsächlich! Mein Herz begann zu poltern: Dies alles geschah in Echtzeit? Und so schnell! Viel zu schnell! Wie sollte ich Bernadette die Anwesenheit einer merkwürdigen Frau sowie eines Rentieres erklären? Ich musste die beiden so schnell wie möglich loswerden! Niemand, der noch seine Zwetschgen beisammen hat, glaubt einem doch, dass es sich bei der Frau auf dem Sofa um eine Fee handelte! Zumal, wenn die Fee so gar nichts Feenhaftes an sich hat! Sondern eher im Gegenteil! Konfus warf ich einen prüfenden Blick in den Badezimmerspiegel; immerhin sah ich nicht mehr verheult aus. Ich setzte wieder ein möglichst souveränes

Gesicht auf und versuchte, auch noch einen Schuss »Überraschung« einzubauen. Dann ging ich mit wackeligen Knien zur Tür. Vor mir stand ein Bursche, der seiner Uniform und seinem Gepäck nach ein Pizzabote sein musste.

Meine sorgfältig aufgebaute Mimik sackte ein wenig in sich zusammen.

Der Pizzatyp sah auf einen Bestellschein und zählte dann auf, was er da ablieferte. Und dass schon alles beglichen sei. Und noch einen schönen Abend und Frohes Fest.
Immerhin konnte ich mir jetzt sicher sein, dass dieser ganze Feen-Zauber nicht völlig erlogen war! Wenn schon so eine Übung wie eine telepathische Essensbestellung klappte, dann würde binnen kürzester Zeit tatsächlich meine Bernadette auftauchen! Ich wurde kopflos.

Die Fee nahm erleichtert die Pizzagaben entgegen. Ich musste erst eine halbe Stunde – immer noch kopflos – nach einem Korkenzieher suchen, die Fee klappte derweil schon mal ihren Pizzakarton auf und nahm die ersten Bissen. Nach Auffinden des Korkenziehers öffnete sie beide Flaschen mit dem Hinweis, dass da

noch was »geatmet« werden könnte; Atmung hätte noch keinem Rotwein geschadet.
Inzwischen war ich so unruhig wie selten: Wenn Bernadette gleich zur Versöhnung auftauchen würde – was machte ich dann mit den beiden Gestalten in meinem Wohnzimmer? Sie so schnell wie möglich rauswerfen? Also nahm ich all meine Möglichkeit zur Unverschämtheit zusammen und fragte: »Wollen wir jetzt schnell meine beiden anderen Wunschzettel ausfüllen? Ihr werdet doch sicher verstehen, dass ich nachher mit Bernadette alleine sein möchte …«
Doch die Fee goss sich in aller Seelenruhe ein großes Wasserglas mit Barolo voll und meinte dann: »Ruhig Blut! Hier wird noch heute Abend, so oder so, deine gewünschte Versöhnung über die Bühne gehen. Also kein Grund, in Panik zu verfallen.«

Ich verfiel aber doch in Panik.
Die Fee hatte offensichtlich eine sadistische Ader, denn so schnell sie trank, so langsam aß sie. Und auch aus meiner Tannenbaum-Ecke mit dem kalten Baum hörte man leise Knabbergeräusche.

In mir stiegen grundsätzliche Fragen auf: Essen alle Feen so langsam? Warum müssen sie überhaupt essen? Sollten sie nicht eher ätherische Wesen mit einem Minimum an Stofflichkeit sein? Und ist Feen und anderen Märchenfiguren Alkoholkonsum überhaupt gestattet?

Und außerdem: Meine beiden noch offenen Wünsche! Konnten wir das nicht einfach im Ruckzuck-Verfahren erledigen? Oder sie ließ mir einfach zwei Blankoformulare da, in die ich nur noch Namen und Wunsch eintragen musste?

»So etwas geht nur in extremen Einzelfällen«, sagte sie, »es ist schon zu viel Unsinn getrieben worden, mit solchen Blankoschecks. Das kannst du dir sicher vorstellen.«

Das konnte ich mir nicht vorstellen. Wenn man schon mal im Besitz eines solchen Schatzes war, dann stellte man damit doch keinen Unsinn an!

»Welche Art von Unsinn?«, fragte ich daher die Fee.
Sie kaute einen kleinen Bissen sehr langsam, nahm dann drei große Schlucke Barolo und sagte: »Zum Beispiel anderen die Pest an den Hals zu wünschen. So etwas können wir nicht dulden. Das wäre strikt gegen unsere Wunschprinzipien.«
Ich sagte: »Sehe ich aus wie jemand, der anderen die Pest an den Hals wünscht? Ich bin Humanist, ich wünsche anderen nur Gutes.«
»Du hast also noch nie jemanden verflucht?«, fragte die Fee mit triumphierendem Unterton, nach dem Motto: Gleich wirst du erkennen, du bist schlechter, als du denkst.
Ich dachte nach.

Hm.

Doch.

Schon.

Natürlich habe ich wie jeder normale Mensch schon mal jemandem Böses gewünscht. Aber das war ja nie so richtig ernst gemeint! Das war ein Impuls, ein Affekt, aber ich hätte nie und nimmer dafür einen der Coupons benutzt.

Hm.

Oder vielleicht doch?
Zum Beispiel im Fall Bommerlunder: DEM hatte ich tagelang und rund um die Uhr alles Mögliche an den Hals gewünscht, vom schweren Unfall bis zu Impotenz und Höllenfahrt hatte ich ihn in meinen Rachegedanken am Wickel gehabt. DAFÜR hätte ich in meinem Zorn eventuell tatsächlich einen meiner Wunschzettel ausgefüllt. Jedenfalls als alles noch ganz frisch war: Der Liebeskummer, die Niedergeschlagenheit und der Zorn.

»Na also«, sagte die Fee, »allein daran kannst du ermessen, wie gefährlich so ein Blankowunschzettel ist. Weil der Wünschende sich nicht immer im Griff hat.«
So hatte ich das noch nicht gesehen. Obwohl: Ein bisschen Ärger für Bommerlunder, bis dass Bernadette ihn verließ – das war nun doch sehr verführerisch.

Herr Rudi knabberte inzwischen schon am dritten Zweig meines Bäumchens, die Fee war bei ihrem vierten Glas Barolo, ich überlegte, wie weit ich in meinem Hass auf Bommerlunder und meiner Liebe zu Bernadette gehen würde. Doch der Gedanke an die noch heute stattfindende Versöhnung mit ihr machte mich plötzlich so großzügig, dass ich entschied, nie mehr auf einen irgendwie gearteten Bommerlunder böse zu sein.

Im Gegenteil: Nach dem heutigen Versöhnungsakt mit Bernadette würde ich ein WIRKLICH GUTER MENSCH!
Und so schoss mir eine menschenfreundliche Euphorie nach der anderen durch den Körper.
Und ich ging in die Küche, um Bernadettes Lieblingsspeisen so schön und romantisch wie möglich zu drapieren.
Da klingelte es.

Oha.

Mir fiel das Salatbesteck aus der Hand und das Herz in die Hose.
Da sage noch mal jemand, Weihnachten sei ein besinnliches Fest.

Ein Blick durch den Türspion – und da stand sie! Tatsächlich! Die schönste Frau der Welt!
Meine Bernadette! Wie wundersam und zauberhaft sie heute wieder aussah! Und: Wie böse sie meine Tür ansah!
Andererseits hatte ich mir ja eine Versöhnung gewünscht, und eine Versöhnung setzt ganz selbstverständlich Unstimmigkeiten oder Streit voraus! Sonst wäre es ja keine Versöhnung. Also war Bernadettes of-

fensichtliche Übellaunigkeit wahrscheinlich nur Phase I unserer Versöhnungsarie.

Ich polte meinen Gesichtsausdruck erneut um; diesmal auf »erstaunt-und-liebevoll-abwartend« und öffnete die Tür.
Bernadette sah mich genauso böse an wie vorher meine Tür und sagte: »Guten Abend.«
Ich verkniff mir ein abgeschmacktes: »Du hier?« und sagte stattdessen extrem geistreich: »Was führt dich denn hierher?«
Gleich darauf hätte ich mir für diesen Satz selber eine verpassen können. Warum eigentlich hat man niemals zum rechten Zeitpunkt die rechten Worte parat? »Was führt dich denn hierher?« – dämlicher ging es nun wirklich nicht.
Meine Bernadette stand ungerührt weiterhin böse blickend auf meinem Fußabtreter und sagte nur: »Mein Reisepass.«

Aha.

Kurze Überlegung: Wir hatten in die USA fahren wollen. ICH hatte die Organisation dafür übernommen, und Bernadette hatte mir ihren Reisepass zu treuen Händen gegeben. Es war dann nichts aus unserer Reise geworden. Nicht, dass ich als Reiseorganisator versagt hätte. Nein, es war um die Zeit, als sie Bommelbimm kennen lernte und wir uns so oft in Streit redeten und

in die Wolle kriegten, dass wir vernünftigerweise von einem langen gemeinsamen Ausritt in die Prärie absahen. Weil das eventuell Mord und Totschlag zur Folge gehabt hätte. Zumal ich im Gegensatz zu Bernadette ein schlechter Reiter bin.
Ehrlich gesagt: Ich habe große Angst vor Pferden. Und es war mir immer schleierhaft, dass so ein zartes Persönchen wie meine Bernadette Pferde ganz offenbar als Kumpels ansah. Sie ging mit ihnen um – so wäre ich höchstens mit einem zahnlosen Welpen umgegangen. Vielleicht war das mit ein Grund für unsere Trennung: Dieser Bommelbammel liebte Pferde eventuell, und jetzt waren sie drauf und dran, genau diese Reise miteinander zu buchen, die unsere letzte Auseinandersetzung bedeutete. Sicher brauchte sie dann dafür ihren Reisepass.

Aber wenn sie jetzt, heute, in der Stillen Nacht, zu mir kam, um ihren verdammten Pass abzuholen, dann war das wirklich sehr fadenscheinig, und der einzige Grund für diese Fadenscheinigkeit konnte nur sein: Sie musste mich wiedersehen! Sonst begibt man sich doch nicht am Heiligen Abend zu seinem Ex-Freund!

Whow!
Da hatte die Fee aber wirklich ganze Arbeit geleistet! Wir schienen in Phase II überzugehen!

Mir wurde warm um das immer noch polternde Herz.

»Na, dann komm mal rein.«
Meine Schöne sah sich um, als gäbe es noch einen Notausgang, der eventuell verhindern könnte, dass sie meine Wohnung betreten müsste. Da ein solcher Notausgang weit und breit nicht vorhanden war, betrat sie schließlich meinen Flur.

Sie war so zauberhaft: Die blonden Haare streng nach hinten gekämmt wie eine Primaballerina. Der vollendete Körper steckte in einer prallen Winterjacke, dann Jeans, und noch eine Etage tiefer dicke Winterstiefel; all ihre gegebene Grazie in einem quasi kontrapunktischen Outfit. Und dieser Kontrapunkt machte sie noch schöner, noch graziöser, und ich bekam ein solches Heimweh nach unseren guten alten Zeiten, dass es mir richtig organisch in der Herzgegend weh tat. Und dann muss man sich sagen lassen, man sei unromantisch!

Nur ihr Blick machte mir Sorgen: Diese Abneigung. Dieses »Warum muss ich noch mal mit dir zu tun haben?«.
Sie wiederholte ihre Forderung: »Ich brauche meinen Pass.«
Ich war hin- und her gerissen: Ich könnte sie ins Wohnzimmer bitten, aber dann müsste ich ihr die Anwesenheit meiner seltsamen Gäste erklären. Auf dem Flur konnte ich sie schlecht warten lassen, denn wie sollte es da zur Versöhnung kommen? Eine furchtbare Zwick-

mühle. ABER: Die Versöhnung war für heute Abend so oder so gebucht und notariell bestätigt, also von echten Fachkräften bestätigt und besiegelt – worüber machte ich mir also Sorgen? Ich nahm allen Mumm zusammen und sagte: »Komm doch ins Wohnzimmer. Ich muss deinen Pass irgendwo im Schreibtisch haben.«

Mir schossen diverse Möglichkeiten durch den Kopf, um Bernadette meine »Gäste« zu erklären:

1. »Das ist meine Schwester auf der Durchreise. Der Elch da hinten ist ihr bei einem Kernkraftwerksunfall mutierter Freund!«
2. »Ich hatte plötzlich so viel Mitleid mit Obdachlosen, da habe ich die beiden zu einer warmen Mahlzeit eingeladen!«
3. Kurzfristig kam ich sogar auf die Idee, die Fee als meine neue Freundin auszugeben, um Bernadette eifersüchtig zu machen. Aber ein Blick auf die angetrunkene Fee reichte, um zu wissen, dass man mit ihr NIEMANDEN eifersüchtig machen könnte.

Ich machte mir schon wieder zu viele Sorgen; die Versöhnung hatte ihren Anfang genommen, der Rest würde sich ergeben, verdammt noch mal!

Also führte ich Bernadette todesmutig ins Wohnzimmer.

Herr Rudi stand reglos neben dem unangezündeten

Bäumchen und wirkte wie ausgestopft. Oder wie ein riesiges Plüschtier. Daher schien Bernadette ihn erst auch gar nicht wahrzunehmen. Beziehungsweise tat sie ihn wohl ab, als eine Schrulle von mir. Dagegen die Fee – die bewegte sich und sah ziemlich lebendig aus. Sie goss sich gerade einen weiteren Barolo ein, sah hoch und musterte Bernadette ausgiebig. Dann streckte sie ihr die Hand hin und sagte: »Hi, ich bin die Linda.« In diesem Moment bewegte sich Herr Rudi und machte sich an den vierten Zweig meines Bäumchens, das bereits sehr gefleddert aussah. Bernadette zuckte zusammen. Sie sah von Linda zu Herrn Rudi, von Herrn Rudi zu Linda und dann zu mir.

Ich versuchte, mich in sie hineinzuversetzen:
Mein Ex-Freund hat etwas, das ich unbedingt zurückhaben muss.
Soweit okay.

Dann: Ich werde es mir zurückholen, aber das könnte ein fürchterlicher Akt werden. Denn er ist wahrscheinlich immer noch verletzt durch die Trennung und die Tatsache, dass ich bereits mit einem anderen zusammen bin. Wie wird er also reagieren, wenn ich überfallartig bei ihm auftauche? Wird er wieder heulen wie bei unserem finalen Trennungsgespräch? Oder wird er aggressiv? Und wenn etwas noch unangenehmer als weinende Männer ist, dann sind das aggressive Männer …

Was in aller Welt könnte Bernadette noch denken? Garantiert war sie erstaunt, überrascht und überfordert, diesen Kerl, den sie in einem heulenden oder zumindest derangierten Zustand erwartet hatte, mit einer Neuen anzutreffen. Aber nicht nur das: Als Tüpfelchen auf dem I musste sie damit klar kommen, dass da auch noch ein Viech mit Schaufeln auf dem Kopf in seinem Wohnzimmer stand. Und seinen kalten Tannenbaum anfraß.

Kurz: Wäre ich Bernadette, ich würde vermuten, ich hätte was am Kopf.

Um die Verwirrung komplett zu machen, sagte die Fee: »Wir haben dich schon erwartet.«

Bernadette stand da, fassungslos, und – was ich bei ihr selten erlebt hatte – auch sprachlos. In ihrem wunderbaren Kopf musste es drunter und drüber gehen wie bei einer Massenbescherung. Nach einigen Momenten schien sie sich wieder zu fangen, denn sie drängte mich zurück in den Flur und dann in die Küche und fragte: »Hast du den Verstand verloren? Was ist das da in deinem Wohnzimmer?«

Mein Hirn tobte auf der Suche nach der richtigen Antwort. Inzwischen betrachtete Bernadette das von mir für uns beide angerichtete Festtagsmahl. Sie betrachtete es genau so fassungslos, wie sie vorher Fee und Rentier angeschaut hatte.

Vielleicht waren wir gerade in Phase III der Versöhnung eingetreten? Denn ich Kretin wisperte ihr zu: »Es ist nicht, was du denkst.«
Sofort hätte ich mir eine scheuern können. Dieser Satz war ja noch abgeschmackter als »was treibt dich denn hierher?«. Sie sah mich an wie ein Stück Scheiße. Und ich dachte: »Alles oder Nichts! Jetzt sage ich ihr die Wahrheit!«
Aber bevor ich damit herausrücken konnte, zeigte Bernadette auf das von mir so liebevoll drapierte Festmahl und fragte: »Und warum dieses Zeug hier? Und wieso hat diese Schlampe gesagt, ihr hättet mich erwartet? Du konntest doch unmöglich wissen, dass ich dich ausgerechnet heute Abend besuchen würde!«

Oha.

Jetzt musste es sein:
»Doch. Ich wusste, dass du heute Abend kommst. Das hat mir eine Fee geflüstert.«
»Du hast DOCH den Verstand verloren!«
»Nein, das da im Wohnzimmer ist eine echte Fee! Glaub mir! Zwar keine von den großen Nummern, eher eine

Underdog-Fee! Und Herr Rudi – also das Rentier – ist ihr Helfershelfer! Die beiden erfüllen Wünsche und haben mir versichert, dass du heute Abend herkommen würdest! Weil ich es mir gewünscht habe!«

Das waren wirklich unglaubliche Ausführungen von einem Menschen, den man der Unromantik geziehen hatte! Jetzt musste sie doch hellhörig werden und mich in einem anderen Licht sehen! Wenn ein böser Rationalist wie ich plötzlich von Feen daherschwafelte – das konnte doch nicht spurlos an einer Romantikerin wie ihr vorübergehen!
Bernadette sah mich so an, wie jeder normale Mensch auf solche Aussagen reagieren würde: Als zöge sie in Erwägung, den Notarzt zu rufen.
In meiner Not deutete ich auf das festliche Menü: »Willst du nicht erst mal einen Happen essen? Sieh mal: Alles deine Leibgerichte!«
Bernadette zischte: »Ich will nichts essen, ich will meinen Pass! Und dann weg aus diesem Irrenhaus!«
Ich sah meine Felle davonschwimmen: »Aber du kannst doch wenigstens im Wohnzimmer warten, während ich deinen Pass suche. Und wenn du mir nicht glaubst – dann nimm die beiden da drinnen einfach als eine etwas merkwürdige Weihnachtsgeschichte.«
Sie starrte mich noch immer an.
Ich ging zum Angriff über:
»Ja, macht es dich denn überhaupt nicht stutzig, dass ich ein Rentier in der Wohnung habe? Denkst du, das

habe ich erfunden, dieses Rentier? Oder angelockt? Also quasi – gewildert? Nein, das ist ein echtes Weihnachtsren! Es war auf einer echten Rentierschule, und wenn es groß ist, will es unbedingt den Schlitten vom Weihnachtsmann ziehen!«
Meine Bernadette geriet ins Wanken, das merkte ich ganz genau. Vielleicht war jetzt Phase IV der Versöhnung angebrochen?

Meine Bernadette hat nämlich zwei Seiten: Eine leicht wissenschaftliche und eine äußerst emotionale. Und eigentlich mussten alle beiden Seiten von unserer Situation angesprochen sein. Das Rentier wäre für die leicht wissenschaftliche Seite zuständig, die Fee für die emotionale. Denn Bernadette ist – egal, wie konsequent sie auch agieren kann – eine erstaunlich wankelmütige Person. Immer wieder gewillt, sich umstimmen zu lassen.

Bloß in meinem Fall war sie hart geblieben. Weiß Gott, warum.

Sie sah mich weiterhin so an, als würde sie gleich einen Notarzt rufen.

»Okay«, sagte ich, »setz dich einfach kurz rein.«
»Du bist so …« Und Bernadette machte sich tatsächlich auf den Weg ins Wohnzimmer, ohne näher zu erklären, was ich so …

Wenn ich bedachte, wie träumerisch Bernadettes Blick auf die Welt sein konnte, müsste sich eigentlich einiges zwischen ihr und der Fee und Herrn Rudi ergeben! Und ich würde sehr langsam suchen, denn Ordnung ist eh nicht meine Stärke. Auch Bernadette weiß, welch gespaltenes Verhältnis ich zu Ordnung habe; deswegen würde sie sich nicht wundern, wenn es etwas länger dauerte.
Ha!

Dies musste also das Zeitfenster für unsere Wiedervereinigung sein!
Mit anderen Worten: Jetzt ruhig Blut bewahren und gaaaanz laaangsaam machen!

Als ich das Wohnzimmer betrat, bot sich mir ein undramatisches Bild. Herr Rudi – wie gehabt – dicht an meiner Tanne. Die Fee – mit den letzten Tropfen Barolo – an dem einen Ende des bretthartem Sofas sitzend, in gebührendem Abstand, am anderen Ende des Sofas, meine Bernadette.

Und während ich so tat, als durchwühlte ich meinen Schreibtisch, entspann sich zwischen den beiden Frauen eine Art Gespräch. Ich betrachtete aus den Augenwinkeln meine Bernadette und dachte: Ob dieser verdammte Bommerlunder überhaupt weiß, was für einen Schatz er da in Händen hält? Allein der Gedanke an die unwürdigen Hände Bommelbammels, die meine Bernadette berühren durften, machte mich von Null auf Hundert so wütend, dass ich … ich hätte …

Ich machte aber nichts, tat so, als würde ich noch immer suchen (obwohl ich den Pass bereits nach drei Minuten gefunden hatte) und lauschte den beiden Frauen.

Und wartete auf meinen Einsatz. Meinen Einsatz als »alles-verzeihender-und-die-Ex-wieder-zurücknehmender-Held«.

Die Fee (die fast leere Barolo-Flasche hochhaltend): »Möchtest du auch ein Glas?«

Bernadette: »Nur, wenn das hier länger dauert.«

Die Fee (kichernd): »Ich wette, es wird länger dauern.«

Herr Rudi knabberte schon wieder; es war einer der letzten Zweige meiner Tanne; nur ein paar Strohsterne baumelten einsam, und zwei rote Kerzen standen noch auf ihrem Platz, die restlichen waren zu Boden gegangen. Bernadette betrachtete ihn fasziniert.

Dann wandte sie sich brüsk an die Fee: »Man hat mir gesagt, Sie wären eine gute Fee?« Ihr Tonfall dabei war eine Mischung aus Aggression und Neugierde.

»Ja, du glaubst ja nicht, was das für ein Job …«

Und die bereits sichtlich angeknallte Fee wiederholte, was sie mir schon in den ersten fünf Minuten erzählt

hatte: Was für ein verdammtes Klinkenputzen das sei, dass der Nikolaus die ganzen Lorbeeren … etc. pp. Und wenn SIE sich etwas wünschen dürfte, wäre dabei garantiert auch ein Wunsch des Inhaltes: Bring mir den Kopf vom Nikolaus!
Bernadette reagierte, wie ich anfangs reagiert hatte: Sie bekam wieder diesen Notarztblick. Die Fee indessen mährte und mährte. Als sie zum etwa zehnten Mal über den Nikolaus herzog, ergab sich ein tatsächliches Gespräch zwischen den beiden: Es ging um die Männer an sich.

»Sie haben einfach – kein Gespür!«, sagte wild meine Bernadette. Die Fee nickte heftig. »Kein Gespür für Situationen oder Momente!«, wütete meine Bernadette weiter: »Da ist man mal niedergeschlagen – und sie fragen einen allen Ernstes, ob man mit ihnen auf irgendeine Party will!« Die Fee nickte wieder heftig und versuchte gleichzeitig, die allerletzten Tropfen Barolo aus der Flasche zu wringen. »Oder es ist gerade sehr gemütlich und kuschelig, und da kommen die doch tatsächlich mit Themen wie ›Neues Auto‹ oder einem ähnlichen technischen Quark!«
»Außerdem«, hub die Fee an, »sind die sowas von sich selbst überzeugt! Nur weil sie im roten Mantel dick auf dem Schlitten … Ich sage dir: Hüte dich vor Kerlen in roten Mänteln! Wenn einer einen roten Mantel an hat, dann ist schon was faul!«
Bernadette lachte bitterlich: »Dafür müssen die keinen

roten Mantel anhaben! Ich komm da gerade von einem, der trägt nur Trench, aber bei dem piept's auch gewaltig! Wollte mich ausgerechnet zu Weihnachten zu seiner Mutter mitnehmen – und das ist eine Frau, die mich erwiesenermaßen nicht leiden kann! Muttersöhnchen! Da ist ein Mal im Jahr Weihnachten, und dieses Fest der Feste soll ich irgendwo absitzen, wo man mich nicht leiden kann? Na, DEM hab ich was erzählt!«

Und da erst begriff ich etwas, das mein Herz wieder zum Rasen und meinen Mut wieder auf das Level Honigkuchen brachte: Offenbar hatten sich Bommelmann und meine Bernadette getrennt!!! Meine Hoffnung bestätigend erzählte sie der Fee, sie benötige den Pass, weil sie mit einer Freundin, mit der sie die Wohnung teile – (Oh, ich kannte das Rabenaas von Freundin! Sie hatte eigentlich immer dazwischengefunkt, wenn es etwas zum Dazwischenfunken gab! Es gibt gute Gründe, niemals in eine WG zu ziehen!) –, also mit diesem Rabenaas wolle Bernadette nun verreisen. Und sowohl mich wie auch Bimmelbammel könne man in der Pfeife rauchen. Sie sei ja schon höchst erstaunt, dass ich mir überhaupt ein Bäumchen ins Zimmer gestellt hätte.
Und die beiden Frauen schauten eine Weile stumm auf den Tannentorso, den Herr Rudi übrig gelassen hatte. »Hach!«, seufzte meine Bernadette, »eigentlich ist es zum Schwermütigwerden!« Und tatsächlich schien sie ein wenig in sich zusammenzusacken.

Ich hatte den Pass inzwischen unter meine Schreibmappe geschoben. Wir bogen ja wohl langsam in die Zielgerade ein! Noch etwas Gejammer, etwas Schwermut – und die Zeit wäre endgültig reif. Bernadette würde mir, dem Romantiker mit Baum und Fee und Rentier, wieder in den Schoß fallen. Nach dieser wunderbaren Weihnachtspleite mit Bimmelbomm! Gepriesen sei seine Mutter!

Bernadette schien sich zusammenzureißen: »Aber jetzt sag mal: Bist du wirklich eine echte Fee? Ganz im Ernst. Das kannst du meiner Großmutter erzählen!«

Die Fee lachte laut auf und goss mühsam ziehend den letzten Tropfen Rotwein in ihr Glas. Dann sagte sie mit angestrengt nüchterner Stimme: »Deine Frau Großmutter können wir getrost aus dem Spiel lassen. Ich finde, du solltest auch drei Wünsche frei haben. Dann wirst du schon sehen, WIE echt ich bin!«
Bernadette lachte fast höhnisch: »Das glaube ich aber erst, wenn die in Erfüllung gegangen sind!«
Die Fee bekam – das konnte ich von meinem Schreibtisch aus ganz genau sehen – wieder ihren listigen Blick. Sie zog einen Coupon aus der Tasche und sagte: »Das kann ich dir ganz leicht beweisen! Lass uns mit was Einfachem anfangen. Zum Beispiel … na … sagen wir mal: Zwei Flaschen Rotwein beim Pizzaservice!«
Bernadette lachte wieder, diesmal etwas unhöhnischer.

Und sagte dann: »Topp, die Wette gilt! Ich will mal sehen, wie du das anstellst!«

Die Fee begann freudig erregt, einen Wunschzettel auszufüllen. Das dauerte etwas länger, denn die Fee war nicht mehr das, was man als sattelfest bezeichnet. »Der Vollständigkeit halber musst du den Wunsch aussprechen. Sonst gildet das nicht«, forderte sie Bernadette auf.
»Na gut, dann wünsche ich mir zwei Flaschen Rotwein«, kicherte diese.
»Na, sagen wir mal lieber: Drei«, verbesserte sie die Fee.
»Dann wünsche ich mir eben drei Flaschen. Und nun?«
Die Fee füllte den Rest des Coupons aus und sagte ihren Zaubersatz: »Herr Rudi, hätten Sie die Güte?«
Herr Rudi ließ von dem letzten intakten Zweiglein meines Bäumchens ab und sah verstockt in Richtung Fee. Diese wiederholte ihren Spruch: »Wenn Sie so gut wären!« Dies nun aber in einem Ton, der nicht die geringste Ähnlichkeit mit einer Bitte hatte. Herr Rudi stolzte sehr langsam auf die Fee zu und las mit der gewohnten Akribie den Wunschzettel durch. Dann schnaubte er, und dieses Schnauben klang ausgesprochen feindselig.
Die Fee versuchte es mit Schmeichelei: Schließlich handle es sich um Spesen für ein Arbeitsgespräch! Und sie müsse doch auf dem Laufenden sein, was die Erdenbürger sich so vorstellten und wie ihr Leben verliefe und überhaupt!

Herr Rudi schnaubte erneut feindselig. Nun zog die Fee andere Saiten auf: Ob Herr Rudi vielleicht scharf darauf sei, dass die Vorgesetzten erführen, wie er sich den Weihnachtsabend am Tannenbaum eines Klienten um die Ohren – beziehungsweise um die Schaufeln schlug?
Herr Rudi schien zusammenzuzucken, dann trat er zögerlich an das von der Fee wieder bereitgestellte Stempelkissen. Ein weiteres Zögern, ein Überlegen, dann trat er mit seinem Stempelhuf aufs Kissen und dann wieder akrobatisch-vorsichtig auf das Stempelfeld im Formular.
»Na also! Es geht doch!«, polterte die Fee.
»Und jetzt?«, fragte Bernadette, die diesen gesamten Vorgang mit ihren großen, ja, noch größer als groß werdenden Augen beobachtet hatte.

Himmel, war diese Frau schön!

»Und jetzt wirst du gleich sehen, dass ich keine Spinnerin bin, sondern eine richtige, echte gute Fee!«
Herr Rudi stieß einen Laut aus, der wie ein Schluchzen klang. Dann trat er wieder ans Fenster und schaute in die beleuchteten Wohnstuben gegenüber, in denen man von der Bescherung zum Essen übergegangen war.

»Aber wenn du tatsächlich recht haben solltest und eine richtig echte gute Fee bist: Warum hast du dann so einen miesen Job? Einen Job, von dem du behauptest, dass er dich umbringt? Kannst du dir dann nicht was Besseres wünschen?«, fragte meine Bernadette in ihrer wissenschaftlichen Art.
Das war genau wieder eine falsche Frage, denn sofort begann die Fee erneut mit ihrem Gegreine: Sie dürfe sich nicht für sich selbst … und an allem sei insgesamt und ohnehin der Nikolaus schuld …

Allmählich verhärteten sich meine Nerven. Waren wir an diesem Abend zusammengekommen, um uns das Gewürge einer frustrierten Fee anzuhören? Wann kam es endlich zur Versöhnung zwischen mir und Bernadette? Bis jetzt hatten die beiden nur auf dem Sofa die Minderwertigkeit der Männer bekakelt. Klang das nach glücklichem Ende? Und: Wie zum Teufel sollte ich mich da wieder ins Spiel bringen? Indem ich ausrief: »Ich bin aber ganz anders!« Oder: »Die Männer sind alle Verbrecher – außer mir!«
Ich hätte vor Wut in die Tischkante beißen können. Was stellte die Fee da an? Wollte sie eine feministische Ortsgruppe gründen? Mit meiner Bernadette als erster Vorsitzender? Langsam wurde es Zeit für die von mir gewünschte und von Herrn Rudi abgesegnete Wiedervereinigung!

Es klingelte.

Ich erhob mich aus den Untiefen meiner Unordnung, ging mit sehr beherrschtem Blick am Sofa samt Damen vorbei, schaute durch den Spion und sah – den mir bereits vertrauten Pizzaboten. Ich öffnete, und der Typ begrüßte mich wie einen alten Bekannten. Dann zählte er auf, was er diesmal ablieferte: »Drei Rote.« Und dass die Rechnung bereits beglichen sei etc. pp. Und er wünsche auch weiterhin noch ein Frohes Fest.

Bernadette war platt. Sie betrachtete die drei Flaschen, die die Fee vor sich aufgebaut hatte und nun begann, mit dem Korkenzieher zu bearbeiten. Was ihr dank ihrer stark verlangsamten, benebelten Motorik nicht ganz leicht fiel.
»Atmen!«, lallte sie.
Bernadette fragte irritiert: »Atmen? Das tun wir doch alle. Aber wie hast du das mit den Flaschen gemacht? Was ist der Trick dabei?«
Die Fee hatte endlich die erste Flasche geöffnet und sich sofort einen eingeschenkt. Sie nahm ein paar Schlucke, griff dann nach der nächsten zu öffnenden Flasche und sagte: »Trick? Ich hab dir doch erklärt, was ich bin. Ich arbeite ohne Tricks! Und der da (sie deutete auf Herrn Rudi, der nun neben dem gänzlich zernagten Bäumchen

in tiefe Apathie versunken schien) ist ja auch kein Trick. Glaub mir einfach!«

Dies schien der Moment, um mich einzumischen: »Es ist so, wie sie sagt. Deswegen habe ich ja auch extra für dich … das Weihnachtsmenü … das wartet immer noch in der Küche. Wollen wir nicht gemeinsam einen Happen …«

»Haltstopp!«, rief meine Angebetete, »soll das heißen, dass du …«

Sie stand auf, holte sich ein Wasserglas aus der Küche, schenkte sich selbst einen gewaltigen Roten ein, setzte sich wieder neben die Fee auf das Sofa und schien nicht mehr zu spüren, wie hart es war. Sie trank nur und starrte die Fee an. Und atmete tiefer als jeder Rote.

Was macht man mit einem Heiligen Abend, an dem einen erst eine Fee plus Rentier aufsucht, man einen Wunsch äußert und der Wunsch dann nur zur Hälfte erfüllt wird? Sicher, es war ein Wunder, dass Bernadette überhaupt erschienen war. Aber der Rest, der ließ doch sehr auf sich warten! Kann man da irgend jemanden regresspflichtig machen? Sich irgendwo beschweren? Nach dem Motto: »Ihr Mitarbeiter XY hat zwar …, aber …«?

Hatte der Himmel ein Servicetelefon? Wenn es in diesem märchenhaften Paralleluniversum derart spröde zuging, mit so harten Hierarchien wie im Krankenhaus und einer Penibilität wie auf einem Finanzamt, dann gab es dort doch auch garantiert so etwas wie ein Beschwerdetelefon. Oder Ombudsmänner.

Ich fühlte mich irgendwie geprellt.

Die beiden Frauen saßen nun – einander zuprostend – auf meinem Sofa, während ich etwa genau so nutzlos in der Gegend herumstand wie Herr Rudi.

Bernadette! Sprich mit MIR! Mach es nicht so spannend! ICH bin hier dein Gesprächspartner! Mit MIR soll es weitergehen! Sag ein paar erlösende Worte, und ich werde mich mit dir und deinem Reisepass auf den Weg machen, egal, wohin! Zum Beispiel Kalifornien! Du wolltest doch immer mal nach Kalifornien! Wenn du das noch immer willst: Hier stehe ich! Bereit zu jedem Scheiß, also auch zu Kalifornien!

Aber ich würde den furchtbaren Eindruck nicht los, dass dieses weihnachtliche Damenprogramm noch lange nicht überstanden war.

Die Fee wütete weiter gegen die Märchenhierarchie. Und Bernadette lauschte weiterhin gebannt den Ausführungen. Und stellte Fragen: Was denn der Unterschied zwischen Weihnachtsmann und Nikolaus sei? Und ob der Nikolaus nicht nur für den 6.12. zuständig sei?
»Das sind eineiige Zwillinge, der Nikolaus und der

Weihnachtsmann. Aber der Weihnachtsmann ist zwei Minuten älter und mehr der Kerl für's Repräsentative, während der Nikolaus eine Art Technischer Direktor ist. Dieser Blödmann hat nicht nur seinen 6.12., er ist auch für alle technischen Abläufe verantwortlich. Zum Beispiel: Welche Fee beackert mit welchem Rentier welchen Stadtteil.« Nun wurde die Fee stetig lauter: »Oder: Welche Fee hat sich wo was zuschulden kommen lassen? Und wie sieht die Bestrafung dieser Fee aus? Oder: Welche Fee hat eine Beförderung zur Oberfee verdient?«

Nachdem sich die Fee erst in Rage geredet und dann ein wenig beruhigt hatte, war jetzt meine Bernadette wieder an der Reihe mit der Rage.

Sie begann erneut, wenig Schmeichelhaftes über mich zu erzählen. Zu ihrem Geburtstag hätte ich ihr noch nicht mal Blumen geschenkt. (Ich Blödmann hatte geglaubt, dass emanzipierte Frauen es als Affront empfänden, wenn man ihnen Blumen schenkt! Als hätten wir noch die fünfziger Jahre, wo Mutti mit Schürze am Herd und das Essen schon auf dem Tisch steht, wenn man nach Hause kommt. Und wo der Mann bemängelt, dass der Kaffee kein Melitta-Filterkaffee ist! So kann man sich irren!) Oder: Wann immer wir mal kurzfristig getrennt waren, dann hätte sie so gerne lange, romantische Telefonate mit mir geführt. Aber Pustekuchen! Ich hätte sie immer schnell wieder abgehängt! (Womit Bernadette auch recht hatte: Für mich dient so ein Telefon nur der raschen Übermittlung von Informationen. Und nicht etwa dem Austausch süßer Flötentöne.)

Die beiden Frauen schienen sich von Minute zu Minute tiefer in einer Art Solidarität zu verstricken. Bernadette befragte nun die Fee ausgiebig über ihre Arbeit. (Wenigstens hatte sie damit aufgehört, sich über MICH zu beschweren. Vielleicht war das ja jetzt die letzte Phase? Ich schöpfte neuen Mut.)

Ja, das Leben als Fee sei eigentlich sehr hart, es sei denn, man sei eine Oberfee. Als Oberfee führe man ein richtig gutes Leben. Fast so gut wie der Nikolaus: Man könne sich aussuchen, wen man aufsuche. Man verfüge über einen ordentlichen Etat. Man müsse nicht mit einem Kollegen herumreisen (bei diesen Worten deutete die Fee auf Herrn Rudi), man sei autark; außerdem käme man immer in den besseren Hotels unter. Und nicht so wie sie, in ihrer Gehaltsklasse, in irgendwelchen kaschemmigen Instituten, in denen ansonsten nur mittelmäßige Geschäftsleute abstiegen ... Und das Frühstücksbüffet dort sei ja auch entsprechend ...
»Und was genau ist dein Aufgabenbereich?«, fragte pragmatisch meine Bernadette.
Die Fee nahm einen großen Schluck, schaute mich um Verzeihung bittend an und sagte tatsächlich: »Bei mittelmäßigen Menschen irgendwelche mittelmäßigen Wünsche abzuhören.« Sie nahm noch einen Schluck: »Und diese mittelmäßigen Wünsche dann zu erfüllen.«

Ich wurde wütend. Ich war also ein mittelmäßiger Fall mit einem mittelmäßigen Wunsch? Ja, was wäre dann ein spitzenmäßiger Fall? Mit einem spitzenmäßigen Wunsch? Hätte ich mir – um als spitzenmäßig durchzugehen – etwa die Verlobung mit Farah Diba, Heidi Klum UND der Begum wünschen sollen? Und zwar gleichzeitig? Oder was machte mich so mittelmäßig? Bernadette zum Beispiel war alles andere als mittelmäßig! Wie sie da saß, den schönen Hals etwas in Richtung Fee geneigt, die großen braunen Augen auf diese Feenschlampe gerichtet – sollte das etwa mittelmäßig sein?

Die Fee fuhr fort: »Und ständig unterwegs!«, jammerte sie, »ständig für andere unterwegs! Und man selbst ohne Heimstatt!« Jetzt wurde sie pathetisch.

Bernadette war beeindruckt. Ob von der angeblichen Obdachlosigkeit der Fee oder von deren Arbeitsaufwand war nicht ersichtlich – sie schien ganz einfach hingerissen von dieser trinkfreudigen Weibsperson.

Und dann wagte sie einen Vorstoß: »Könnte ich mir eigentlich auch was wünschen?«

Die Fee nahm den Rest der ersten Flasche in ihre Klauen: »Kommt darauf an. Was hättest du denn gerne?«

Bernadette überlegte und sagte dann tatsächlich: »Zum Beispiel eine Million Euro.«

Man hörte, wie Herr Rudi tief durchatmete. Es klang nach einem sehr resignierten Lachen. Die Fee ihrerseits stöhnte auf. Und hielt Bernadette dieselbe Predigt wie

mir. Und gestand auch ihr ein, nur über Immaterielles verfügen zu können.
Bernadette überlegte weiter, beugte sich zu ihr, und dann flüsterte sie der Fee etwas ins Ohr.

Die Fee lauschte konzentriert – soweit sie noch zur Konzentration fähig war. Dann merkte man, wie es in ihr arbeitete. Und die Quintessenz ihrer Überlegungen war ein lautes, vulgäres Lachen.
»Na, DAS will ich gerne sehen! So was habe ich ja noch nicht miterleben dürfen!«

Mir fuhren kalte Schauer über den Rücken. Was zum Teufel war da im Busch? Das klang gar nicht gut, und es sah auch gar nicht gut aus: Eine etwas angeheiterte Bernadette und eine fast völlig knülle Fee, die sich da über geheime Sachen austauschten. Die sich offenbar Intimitäten in die Ohren pusteten. Und die jetzt dazu übergingen, einen Wunschzettel für Bernadette auszufüllen. Aber nicht laut und offen, sondern wispernd und kichernd wie zwei Sextanerinnen im Mathe-Unterricht.
Wie sollte man da noch die Ruhe bewahren?
Ich musste diese Fee und ihren depressiven Kompagnon loswerden.
Die beiden vor die Tür setzen.
Und zwar ziemlich zügig, bevor sie noch mehr Unheil anrichteten. Denn dazu waren sie – dessen war ich mir sicher – in der Lage.

Also nahm ich mal wieder meinen Mut zusammen, gähnte ostentativ und sagte: «Also für mich wird es langsam Zeit. Ich möchte euch ja nicht rauswerfen, aber ...«
Die Fee und Bernadette nickten mir zu: Ich könne natürlich jederzeit zu Bett gehen! Sie würden auch aufräumen und die Essensreste entsorgen, ich müsste mir keine Sorgen machen. Sie würden die Tür dann einfach zuziehen.

Na prima!
Hat man so was schon mal gehört?
Was ist das für eine höhnische Replik?
Wer bin ich denn? Bin ich hier noch der Gastgeber oder der maître d'hotel? Habe ich ein Wörtchen mitzureden?
Die Fee und Herr Rudi mussten auf der Stelle weg, weg, weg! Damit ich mit meiner Bernadette –
und: erfüllte sich jetzt endlich mein Wunsch?

Es war so, als wäre ich Luft.
Die Fee jedenfalls zückte einen neuen Coupon. Sie füllte ihn aus mit dem Wunsch, den meine Bernadette ihr ins Ohr geflüstert hatte.
Dann der gewohnte Vorgang: »Herr Rudi, hätten Sie die Güte?«
Herr Rudi stolzte wie ferngesteuert zu dem Wunschzettel. Und las ihn gar nicht mehr durch, sondern stempelte ihn schnell und laut ab, wie ein sehr schlecht gelaunter Postler. Und ging wieder zurück zu dem ab-

geknabberten Bäumchen. Und stellte sich so hin, dass er weiterhin die feiernde Nachbarschaft im Blick hatte.

Und er seufzte tief. Er hatte das Theater ganz offensichtlich so satt wie ich.

Ich überlegte, was ich mit Bernadettes Pass machen sollte. Ich müsste ja ein kompletter Trottel sein, ihn ihr zu diesem heiklen Zeitpunkt unserer kleinen Feier auszuhändigen. Er war ja praktisch mein letztes Pfand! Also blieb ich stoisch an meinem Schreibtisch und harrte ungeduldig des Gangs der Geschichte.
Da klingelte es schon wieder!

Öha.

Hatten die Damen sich etwa noch ein Kistchen Wein kommen lassen? »Ich geh schon, ich geh schon!«, sagte ich hastig und schaute noch nicht mal mehr durch den Spion, sondern riss die Tür sofort auf.
Vor mir stand diesmal keine Pizza-Uniform, sondern irgendein blonder Schnösel in Trenchcoat, der sich in der Tür geirrt haben musste.
Der Schnösel sagte tatsächlich verlegen: »Hallo, ich bin der Christian und auf der Suche nach der Bernadette. Ist die da?«

Ich muss ihn SEHR bekloppt angeguckt haben, denn er setzte hinzu: »Bommer. Ich bin der Christian Bommer.«

Ich glaube, ich fiel in eine Sekundenohnmacht.
Eine Blödenabsence.
Und in eine Schreckstarre. Ich muss etwa dreißig Minuten oder wahlweise eine Million Euro lang so dagestanden haben. Automatisch und wie ein Lemming sagte ich schließlich: »Komm rein.«

Bommelbammel hatte keinen Blick für unseren Herrn Rudi, kaum für die Fee und nur Augen für meine Bernadette. Irgendein Stimmchen, das sich nun wieder in meinem kurzfristig verkühlten Hirn meldete, rief: »So, und jetzt auf zum Showdown! Hoffentlich ist Bernadette nicht zu ruppig zu ihm. Scheint doch kein übler Kerl zu sein.« Für seinen Nachnamen konnte er ja nichts. Oder für seine Jugendlichkeit.
Meine Bernadette schien nicht die Absicht zu haben, ihm gegenüber ruppig zu werden. Sie lächelte ihn sogar an! Die Fee grinste. Herr Rudi warf mir wieder den kollegialen Blick wie vom Beginn des Abends zu.

Bernadette fragte mit sanfter Stimme: »Was treibt dich denn hierher?«
Ha! Anderen rutschte also auch schon mal ein Satz von solcher Tiefe heraus.
Dann wurde klar, dass das Rabenaas aus Bernadettes

WG gepetzt hatte, wo er sie finden könne. »Na, dann geht's hier ja gleich ein bisschen rund ...«, dachte ich zufrieden.
Aber Bernadette schien kein Interesse an einem »Rund-Gehen« zu haben. Im Gegenteil. Sie wirkte genauso verlegen wie Bommelbimmel. Und dieser sah immer wieder mit einem schnellen, unsicheren Seitenblick zu mir rüber. Dann zog er ein kleines, in goldenes Stanniolpapier eingeschlagenes Döschen und reichte es sehr genierlich Bernadette. Sie nahm es ebenso genierlich an. Die Fee kicherte erneut, der Barolo war schon wieder leer.

Ja, Barolo WEGZAUBERN – das konnte die Fee auf Anhieb!

»Musst du denn nicht bei deiner Mutter sein?«, fragte Bernadette kokett unartig.
»Ich weiß jetzt ...«, begann Bommelbimm, verstummte dann aber mit einem Blick auf mich.
»Ja, was weißt du jetzt?«, insistierte meine Bernadette.
Bommel wand sich, dann fuhr er sich durch den Schopf, dann setzte er sich neben Bernadette, sah ihr tief in die Augen und nahm ihre Hand: »Ich weiß jetzt, was ich für einen Blödsinn gemacht habe. Kannst du mir noch mal verzeihen?«

DAS ging nun eindeutig zu weit!
DAS war nun eindeutig die falsche Versöhnung!

Was, wenn die Fee da etwas verwechselt hatte in ihrem Suff? Was, wenn ich wegen einer inkompetenten Fee das Glück meines Lebens verlor? Ließe sich das noch irgendwie ausbügeln? Die kalte Panik kroch in mir hoch: Wie konnte ich die Vorgesetzten der Fee erreichen? Die alles wieder rückgängig machen würden? Musste ich auf das nächste Weihnachtsfest warten – und dann darauf hoffen, dass sich wieder … aber in meinem Stadtteil verkehrten ja eh nur die Verlierer der Märchenwelt! Musste ich umziehen? Und in einem gut situierten Wohnviertel das nächste Weihnachtsfest abwarten? In meinem Hirn und meinem Herzen stob alles durcheinander, was es an unschönen, verzweifelten und wütenden Gedanken und Gefühlen gab.
Man hatte mich betrogen. Um mein Glück betrogen.

Ich starrte auf das harte Sofa: Links saß die betrunkene Fee, die mit törichtem Gesichtsausdruck ihr letztes Pizzaviertel in den Mund zu schieben versuchte. Rechts davon saß Bommelbammel, der mit ebenfalls törichtem Gesichtsausdruck die Hand meiner Bernadette hielt und auf sie einwisperte. Und meine Bernadette? Die saß am anderen Ende des Sofas, ließ sich das Händchen halten und trug dazu einen ebenso törichten Gesichtsausdruck.

Ich hatte verloren.

Die beiden wisperten.

Pizza
Bella Vist

Herr Rudi schaute traurig von einem zum anderen.
Ich wusste nicht, wohin mit mir.

Schließlich machten Bommel und Bernadette Anstalten, sich zu erheben: »Hast du meinen Pass gefunden?« Bernadette war zu mir jetzt auch viel herzlicher als bei der Begrüßung. Ich wägte kurz ab: Sollte ich ihn ihr ritterlich überlassen? Oder sie – ganz großer Kotzbrocken – zappeln lassen? Ich entschied mich für die Ritterlichkeit, die Anständigkeit und den Kretinismus und überreichte Bernadette das Dokument. Sie steckte es seufzend in ihre große Handtasche, schob das Döschen von Bommel mit der Bemerkung, wie süß das von ihm sei, hinterher, und dann verabschiedete sie sich zu meinem flächendeckenden Erstaunen erst von Herrn Rudi und dann von der Fee (»Vielleicht sieht man sich ja mal wieder!« – »Du darfst nur nicht in einen teuren Stadtteil ziehen! Dann könnte das was werden!«).
Schließlich stand sie vor mir, gab mir die Hand, sagte eine paar Sätze, an die ich mich sofort nicht mehr erinnern konnte, auch Bommel grüßte wohlerzogen. Dann waren die beiden weg.

Sie waren weg. Tatsächlich weg!

Ich kann bis heute nicht sagen, ob ich unhöflich zur Fee wurde oder einfach nur so depressiv wie Herr Rudi. Auf jeden Fall kann ich mich erinnern, sie mit bösen Worten gefragt zu haben, wo denn nun die wunderbare Ver-

söhnung geblieben sei. Und dass sie als Fee ja wirklich eine große Nullnummer sei.
Darauf mäkelte die Fee zurück: »Du hättest auch wirklich ein bisschen präziser wünschen können!«, nuschelte sie: »Du wolltest hier in deiner Wohnung eine Weihnachtsversöhnung mit Bernadette, hast aber nicht gesagt, MIT WEM sich Bernadette versöhnen soll! Immerhin habe ICH meinen Teil erledigt: Sie war hier, und sie hat sich versöhnt! Oder etwa nicht? Wie du das auch drehst und wendest: ES IST HIER HEUTE ABEND ZU EINER VERSÖHNUNG MIT BERNADETTE GEKOMMEN! Oder etwa nicht?«

Ich war so baff ob ihrer Logik, dass mir schon wieder das Wasser in die Augen stieg. Ich drehte mich um und rauschte in die Küche, um mich dort meinen Gefühlen hingeben zu können. Die Fee kam mir nach, und ich wollte schon zu Beleidigungen aller Art ansetzen, aber sie ging an der Küche vorbei ins Badezimmer. Erneut erst das erleichterte Stöhnen, dann die Wasserspülung. Die Badezimmertür öffnete sich, und dann trat die Fee tatsächlich zu mir in die Küche. Wo ich stand und stumpf auf meine schön dekorierte Bernadette-Platte sah.

Die Fee räusperte sich: »Ich weiß ja, dass da was schief gelaufen ist. Tut mir leid, echt! Aber DU wolltest bloß eine Versöhnung, Bernadette dagegen hat sich gewünscht, dass IHRE Versöhnung mit DIESEM Kerl

stattfindet. Das musste ja so kommen. Da hatte ich keinen Einfluss drauf. Aber weißt du was? Du bist so ein guter Kerl, dass du eine Belohnung verdient hast.«
Ich sagte nur stoisch: »Haha.«
»Dochdoch«, sagte die Fee, »ich werde in Anbetracht dessen, was heute Abend alles vorgefallen ist – ich werde dir zwei Blankoschecks dalassen!«
Es dauerte. Bis ich begriff. Die Fee sagte nun feierlich, dass sie das zwar eigentlich nicht dürfe, bei mir aber eine Ausnahme machen könne. Denn sie ginge davon aus, dass ich schon keinen Unfug mit den Blankopapieren anstellen würde. »Nicht wahr, Herr Rudi?«
Herr Rudi schaute mich wieder merkwürdig brüderlich an und nickte.

Ein letztes Mal legte die Fee Coupons auf den Boden, ein letztes Mal stempelte das Rentier sie ab, und dann verabschiedeten sich die beiden; die Fee drückte mir die Hand und sagte: »Frohes Fest! Und danke noch mal!«
Dann waren sie im Flur, und ich hörte sie die Treppe hinunterklappern. Herrn Rudis lustige Hufe und der betrunken-unstete Schritt der Fee. Ich nahm meine Coupons und setzte mich auf das harte Sofa.

Na prima.
Erst allmählich schwante mir, was ich da in Händen hielt.

Ich begann zu grinsen.

Diesmal würde ich wunschtechnisch überpräzise sein, ohja! Zehn Mal würde ich jeden Wunsch gewissenhaft vorformulieren, bevor ich ihn eintrug und laut aussprach!
Mir wurde schwindelig bei dem Gedanken an die Blankowünsche – wie viele Möglichkeiten es da gab!
Ich zog meinen neuen Pullover an und begann, meine Wünsche zu formulieren.

Blanko

Wunschzettel

Name:

Anschrift:

Datum:

Lieferanschrift:

Wunsch

Stempel (Rentier)

Blanko Wunschzettel

Name:

Anschrift:

Datum:

Lieferanschrift:

Wunsch

Stempel (Rentier)

© Fabian Bimmer

Simon Borowiak, geboren 1964, war sieben Jahre Redakteur beim Satireblatt *Titanic* und ist Autor des bis heute lieferbaren Bestsellers *Frau Rettich, die Czerni und ich* (verfilmt mit Iris Berben). 2006 erschien *ALK – fast ein medizinisches Sachbuch*, laut *Spiegel* »ein Wunder an Komik, Recherche und Weisheit«, 2007 *Wer Wem Wen* und im Herbst 2009 *Schade um den schönen Sex*. Simon Borowiak lebt in Hamburg.

Eine alptraumschöne Festgeschichte – gelesen vom größten Weihnachtsfan aller Zeiten

Simon Borowiak

Bring mir den Kopf vom Nikolaus

Autorenlesung
2 CDs, ca. 176 Minuten
ISBN 978-3-8218-6337-5

Unser Held freut sich auf den schönsten Tag des Jahres: den Weihnachtsabend. Der Baum ist geschmückt, die Strohsterne schimmern gülden, die Fernsehkiste feuert seit Stunden aus allen sentimentalen Kanälen. Doch dann klingelt es an der Tür. Ein kurzes Zögern, dann ein Blick durch den Türspion und oha: Vor der Tür wartet eine zierliche, braunhaarige Weibsperson, und an ihrer Seite, ein bisschen schüchtern mit den Hufen scharrend, ein Rentier …

eichborn

1. Auflage 2010

Umschlaggestaltung und Illustrationen: Christiane Hahn
Lektorat: Doris Engelke
Ausstattung, Typografie: Susanne Reeh
Satz: Fotosatz Amann, Aichstetten
Druck und Bindung: CPI – Clausen & Bosse, Leck
ISBN 978-3-8218-6607-9

FSC Mix
Produktgruppe aus vorbildlich bewirtschafteten
Wäldern und anderen kontrollierten Herkünften
www.fsc.org Zert.-Nr. GFA-COC-001223
© 1996 Forest Stewardship Council

Eichborn Verlag, Kaiserstraße 66, 60329 Frankfurt am Main
Mehr Informationen zu Büchern und Hörbüchern aus dem Eichborn Verlag finden Sie unter www.eichborn.de